O'25 LES HISTOIRES DROLES

traduites par MAX et ALEX FISCHER

TRISTAN BERNARD

L'HOMME A LA MOUSTACHE VERTE

N° 8.

TRISTAN BERNARD

L'HOMME A LA MOUSTACHE VERTE

PARIS

ERNEST FLAMMARION, ÉDITEUR

26, RUE RACINE, 26

L'HOMME
A LA MOUSTACHE VERTE

I

Le petit Alcée est âgé de dix ans. Il jouit d'un excellent renom dans le voisinage, parce qu'il est gentil, tranquille, avenant, et surtout à cause de son joli visage et de ses fins cheveux blonds, qui le font ressembler à un jeune séraphin de chez le bon Dieu, détaché à l'école des garçons de la rue de Poissy.

Le petit Alcée est l'unique enfant d'un bon vieux marchand de couleurs alsacien, M. Auguste Aufmerksam. M. et Mme Aufmerksam adorent Alcée et, chaque année, au 24 décembre, c'est une joie pour eux de courir les bazars et les librairies, afin de faire revivre, le lendemain matin, la légende du petit Noël, que le petit Alcée écoute encore avec ses yeux ingénus, et une charmante crédulité que n'a pu entamer encore l'impiété commandée des instituteurs primaires.

Cette année, durant que Mme Aufmerksam gardait le magasin de couleurs, papa avait fait une bonne expédition dans Paris et revenait chargé de colis précieux :

Une petite forge électrique,

Une réduction de machine à écraser les cailloux, qui marchait par l'air comprimé.

Et deux beaux livres reliés en percaline, nouveautés de l'année : *Voyage de deux enfants bretons à travers l'Ukraine*, et *Les Petis Fabricants de fonte émaillée*.

Le soir venu, on conduit le petit Alcée à sa chambre. Il embrasse son papa et sa maman.

— C'est ce soir, pas? p'pa ! que vient le petit Noël?

Papa regarde maman...

Hum ! Viendra-t-il? Le petit Alcée a-t-il été gentil ce mois-ci? Enfin, on verra ça demain.

II

Une heure plus tard, une ombre discrète, comme feu Tapinois lui-même, entre doucement dans la chambre. Qui soulève la plaque de la cheminée? Mystère !

Le petit Alcée dort paisiblement. Papa, car c'était peut-être bien lui, sort de la chambre. Puis on entend du bruit à côté. C'est papa et maman qui se couchent. Le bruit cesse. Papa et maman dorment.

III

Alors Alcée se lève à pas de loup, allume sa bougie, va jusqu'à la cheminée, soulève la plaque. Il fait un inventaire rapide.

— Les deux bouquins? J'en aurai quarante sous pièce, au Passage.

« La forge électrique, ça vaut un louis. J'en aurai facilement quatre francs en cette saison-ci. La machine à air comprimé, deux francs.

« Total : dix francs. Octavie II doit se balader dans le grand steeple de Pau. Je la ferai jouer à l'Agence par le petit garçon du bar. Ça rapportera facilement dans les 5 ou 6. »

Ce méditant, il prend les jouets et les livres, et va les cacher dans un placard, au fond d'un panier à linge sale. Comme la blanchisseuse n'est pas venue depuis cinq jours, il y a beaucoup de linge sale par-dessus.

Avant de se mettre au lit, Alcée bourre une petite pipe, et s'endort après quelques bonnes bouffées de caporal supérieur.

IV

Le lendemain, quand papa et maman entrèrent dans la chambre, un spectacle terrible s'offrit à leurs yeux.

Alcée était étendu tout raide sur son lit, les paupières largement ouvertes, la bouche contractée...

« Papa ! Maman ! Il s'est passé une chose épouvantable.

« Figurez-vous qu'un grand homme noir, avec une moustache verte, est venu dans la cheminée. Je l'ai vu, car la plaque s'est soulevée toute seule ! Il avait des yeux qui lançaient des flammes ! Il a pris toutes sortes de choses et a disparu tout à coup ! »

M. et Mme Aufmerksam courent à la cheminée. Plus de jouets, plus de livres ! Rien que les deux petits souliers !

Une odeur de fumée, peut-être de pipe, se perçoit dans la chambre.

Le petit Alcée était surtout navré d'avoir perdu ses jouets. Son père lui donne pour le consoler un beau louis d'or. Ce louis, joint au produit de la vente, lui permit de miser trente francs sur Octavie II, dans le steeple de Pau.

V

D'ailleurs, Octavie II n'arriva pas, car le mensonge et la désobéissance sont toujours punis...

Mais l'histoire de l'homme à la moustache verte, propagée avec effroi par M. et Mme Aufmerksam, fait la terreur de tous les parents du quartier Saint-Victor.

HISTOIRE DE DEUX FRÈRES SIAMOIS

Vous avez tous appris par cœur cette fable de La Fontaine, où un vieillard, à son lit de mort, conseille à ses enfants de rester unis, s'ils tiennent à prospérer dans la vie.

A qui cette recommandation peut-elle mieux s'adresser qu'à deux frères siamois, qui, tant qu'ils sont unis, peuvent se faire jusqu'à cent cinquante francs par jour dans un cirque, alors que s'ils s'avisaient de se séparer, ils gagneraient péniblement chacun cent sous par jour, à écrire des adresses de prospectus?

J'ai connu, à Londres, deux de ces jumeaux unis, appelés communément frères siamois et dénommés scientifiquement xiphopages. Edward-Edmund avaient une fortune assez considérable, qui les dispensait de s'exhiber comme phénomènes.

Edward était né à Manchester, il y a vingt-cinq ans.

Emund était né également à Manchester, vers la même époque.

Ils se ressemblaient dans leur adolescence d'une façon extraordinaire. A tel point que les personnes qui ne connaissaient pas leur droite de leur gauche n'arrivaient pas à les distinguer.

Pourtant, avec l'âge, des différences morales assez profondes s'accusèrent entre eux. Edward avait des goûts sévères et studieux, Edmund des instincts populaciers. Ce dernier ne se plaisait que dans la société des voyous et des buveurs. Le malheureux Edward, son livre d'étude à la main, était obligé de suivre Edmund dans les tavernes et dans les bouges. Et quand Edmund rentrait saoul au logis, Edward, le rouge au front, était obligé de zigzaguer avec lui, pour ne pas se faire de mal à leur membrane.

Edward devint un érudit distingué. Mais on ne put l'inviter longtemps aux banquets des Sociétés savantes, où le crapuleux Edmund, dès le potage, commençait tout de suite à raconter de ces histoires obscènes que les gens convenables réservent d'ordinaire pour la fin du repas.

L'année dernière, Edward demanda la main d'une belle et riche jeune fille. Le mariage eut lieu en grande pompe. On fut bien forcé d'inviter Edmund, qui se tint d'ailleurs assez bien pendant la cérémonie. Il semblait que sa belle-sœur lui en imposât un peu. Dans le cortège nuptial, la femme d'Edward, Edward lui-même, Edmund et sa demoiselle d'honneur s'avancèrent, tous quatre sur un rang, au milieu de l'admiration générale.

Edmund, le soir du mariage, fut très convenable et très discret. Il s'endormit le premier, et fit semblant, le lendemain matin, de se réveiller très tard. Pendant la lune de miel de son frère, il s'adonna moins à la boisson, surveilla ses paroles et s'habilla proprement, puisqu'il sortait avec une dame.

La jeune femme — ai-je dit qu'elle s'appelait Cecily ? — exerçait sur Edmund une grande influence... Au bout de quelque temps, il advint ce qui arrive bien souvent quand on introduit un célibataire dans un ménage. Des relations coupables s'établirent entre Cecily et le perfide Edmund.

Pendant six mois, Edward ne s'aperçut de rien.

Mais tout finit par se savoir.

Edward trouva des lettres dans un tiroir mal fermé, et apprit d'une façon irrécusable que sa femme et son frère le trahissaient tous les jours.

Quel parti lui restait-il à prendre ?

Se battre en duel avec Edmund, ce n'était guère conforme aux usages anglais. Il craignit aussi les discussions chinoises des témoins. Le duel au pistolet, à vingt-cinq pas, n'était guère possible, non plus que le duel à l'épée, avec l'interdiction habituelle des corps à corps.

D'ailleurs, qu'arriverait-il s'il tuait son frère ? Pourrait-il continuer l'existence commune avec sa femme ? Toujours ce cadavre entre eux deux !

Il fit venir Cecily :

— A partir de ce jour, dit-il, vous ne profanerez plus le domicile conjugal. Partez.

— Bien, dit-elle.

— Bien, dit Edmund. Je l'accompagne.

Le mari fut obligé de les suivre.

Edmund installa Cecily dans un appartement confortable. Et, comme tout finit par s'arranger chez les xiphopages, ils vécurent tous trois très heureux.

LE TALISMAN

Quand le voyageur, venant de la place Saint-Augustin débouche de la rue de la Pépinière, il trouve sur sa gauche un imposant monument, qui n'est autre que la gare Saint-Lazare, et qui se trouve précédé, en cet endroit, d'un vaste enclos entouré de grilles, qui a reçu le nom de *Cour de Rome*.

Ce n'est point là, ainsi que ce nom pourrait le faire croire, que se réunissent les courtisans du roi d'Italie ou les cardinaux du Saint-Siège.

La cour de Rome est surtout occupée en son milieu par des autobus, qui vont de la gare Saint-Lazare au Château-d'Eau ou à la Pointe-Saint-Eustache. Ces voitures font entendre, quand elles marchent, un bruit épouvantable de vaisselle brisée. Ce bruit est remplacé, quand les encombrements les forcent à s'arrêter sous le frein, par les cris de cinquante enfants égorgés et d'autant de veaux suppliciés, qui gémissent dans les roues.

Le long des grilles, à l'intérieur, la cour de Rome est ornée de petits « édicules » autour desquels se pressent constamment un grand nombre de voyageurs.

Le vicomte Gaston, descendant du train de Maisons-Laffitte, avait pris son rang dans une file d'hommes de tout âge qui attendaient leur tour, à l'entrée d'un de ces édicules. Il allait y pénétrer, quand il entendit derrière lui les plaintes douces d'un vieillard modestement vêtu. N'écoutant que son bon cœur, le vicomte Gaston lui céda son tour. Et le vieillard, sans avoir le temps de remercier, se précipita dans une stalle vide.

Quelques instants après, le vicomte eut à sa disposition une autre stalle. Il sortit bientôt de la cour de Rome et ne pensait plus à cette banale aventure, où il avait donné une preuve de sa courtoisie, moins pour ce vieillard inconnu que pour sa satisfaction personnelle. Le jour tombait. Gaston avait pris à pas lents la rue de l'Arcade...

Au coin de la rue des Mathurins, dans un petit carrefour à peu près désert; il se trouva en face du vieil homme dont les cheveux gris, sous le feutre un peu usé, brillaient d'une lueur surnaturelle.

— Je suis le bienheureux saint Athanase, dit le vieillard avec un fort accent du Midi. Tu m'as rendu tout à l'heure un grand service, car je souffre d'une maladie de la vessie. Pour récompenser ta piété, je vais te faire un don inestimable. Le premier bossu que tu rencontreras, passe-lui la main trois fois sur sa bosse. Et, durant vingt-quatre heures, la chance te favorisera dans tout ce qu'il te plaira d'entreprendre.

II

Le lendemain, à cinq heures, en descendant du train d'Achères, le vicomte Gaston rencontra dans la cour de Rome un de ces vieux facteurs de la maison Bonnard-Bidault, qui vont distribuant des prospectus chez les concierges.

Le facteur avait une bosse magnifique. Le vicomte, selon les recommandations, lui passa la main trois fois sur sa bosse.

Puis, le soir même, il se rendit au cercle, joua un jeu d'enfer et perdit cinquante-deux mille francs.

III

Le lendemain, il alla aux courses d'Auteuil et perdit soixante-quatorze mille francs.

Après les courses d'Auteuil, il revint dans la cour de Rome et attendit le bienheureux saint Athanase, dans l'intention de lui flanquer une tournée.

IV

Le bienheureux saint Athanase descendit lentement d'un autobus (consacré au bienheureux saint Eustache). Le vicomte Gaston s'approcha, et, avant d'en venir aux voies de fait, il exposa dans un langage violent toutes ses rancunes.

— Voyons, voyons, dit paisiblement saint Athanase. Avez-vous bien, comme je vous l'ai recommandé, caressé la bosse d'un bossu?

— Absolument, dit le vicomte. Et tenez, c'est celle de ce bossu-là...

Et il lui montra le vieux facteur de Bonnard--Bidault, qui entrait précisément dans la cour de Rome.

Alors le saint éclata de rire...

— Ça, un bossu? s'écria-t-il. C'est un facteur qui fourre ses paquets d'imprimés dans son dos, sous sa pèlerine, pour les préserver de la pluie...

WILLIAM

— William?
— Qu'est-ce qu'il y a?
— Tu peux entrer... Pourquoi n'entrais-tu pas, imbécile?
— Je croyais que Robert était encore dans ta chambre.

— Comment? Robert? Il est neuf heures. Il vient de partir à Caen en auto. Il fallait qu'il y soit à dix heures. Il voulait m'emmener; mais j'ai dit que j'étais fatiguée.

— Il revient déjeuner?

— Oui. Tu sais qu'il doit s'en aller dans deux jours à Biarritz, voir sa femme. On sera un peu tranquille... Embrasse-moi... Qu'est-ce que t'as, gros?

— Rien, rien.

— T'as quelque chose.

— Qu'est-ce que tu veux? Je m'embête d'être encore sans le sou, encore et toujours. Voilà un an que je suis, chaque matin, à la veille d'être riche, avec ce sacré brevet d'accumulateur que je vendrai certainement. Je l'ai payé quinze cents francs et je le vendrai... je ne sais pas, moi... un million comme rien du tout... En attendant, je suis obligé de me faire héberger par Robert, que je trompe avec toi... Quelle vie! Hier soir, je suis revenu du Casino avec quarante sous, que j'ai gardés précieusement pour acheter des journaux ce matin. Je dois même quatorze sous au petit crieur.

— Coco, franchement, voyons, tout ça, ce n'est pas ma faute. Je t'ai prêté cent francs, hier. Pourquoi as-tu été les perdre aux petits chevaux?

— Je n'ai pas été les perdre aux petits chevaux. Je les ai employés à des choses qui m'étaient indispensables.

— Et puis, tu n'as vraiment pas besoin d'aller dîner dehors et de dépenser de l'argent au restaurant, puisque tu es l'invité d'ici.

— C'est ça. Je suis nourri. Je le sais que je suis nourri. Tu n'as vraiment pas besoin de me le rappeler.

— Méchant! Ce que j'en dis, c'est parce que je voudrais t'avoir davantage auprès de moi... Oh! voilà qu'il fait encore la tête!

— Ça m'embête, je te dis, d'être sans le sou. Et ça m'embête de te taper. Je te dois déjà cinq mille sept cents francs.

— Je ne sais pas.

— Moi, je le sais. J'en tiens un compte scrupuleux, tu peux m'en croire. Alors, tu comprends, je trouve que c'est suffisant.

Je me suis fait le serment de ne plus rien te demander.

— Je voudrais bien te prêter encore, moi, si j'avais de quoi... Mais je n'ai plus rien Je n'ai déjà pas payé la note du tapissier avec les trois mille francs que Robert m'avait remis pour ça. Comment cette affaire s'arrangera-t-elle ? Je me le demande !

— Ne te tourmente pas. Je te rembourserai avant peu, peut-être d'ici huit jours, tout ce que je te dois, et tu paieras le tapissier. Mais ma dette ne s'augmentera plus, j'y suis résolu... Donne-moi encore dix louis, et j'arrête le compte,

— Dix louis, Coco ! Mais où est-ce que je les trouverais ? Je n'ai rien, rien. Je ne pourrais même pas te donner un louis.

— Tu vas m'offrir quarante sous tout à l'heure.

— Que tu es méchant !

— L'autre jour, tu m'as offert dix francs. Et j'ai dû les prendre, d'ailleurs ?

— C'est tout ce que j'avais.

— Allons, je m'en vais à pied jusqu'à Villiers ; je déjeunerai chez mon oncle.

— Ecoute, Coco. La cuisinière va rentrer du marché. Il doit lui rester une trentaine de francs. C'est tout ce qu'il y a dans la maison. Je te les donnerai quand tu rentreras déjeuner. Comme ça, je serai sûre que tu déjeuneras avec moi !

— C'est ce qui s'appelle tenir les gens.

— Oh ! qu'il est méchant !

*
* *

— *Demandez la « Jornal !... » L' « Atto !... » Damandez... la « Jornal ! »*

— C'est à cette heure-ci que tu arrives sur la plage ?

— Il n'est pas midi, mon baron.

— Tiens, donne-moi celui-là... et puis celui-là... et puis ces deux-là...

— Ça fait vingt et un sous,

— Et quatorze sous que je te dois d'hier ?

— Je m'en rappelais plus. Vous n'êtes pas carottier, marquis.

— Petit dégoûtant ! Si tu ne mettais pas ta monnaie dans ta bouche? Je ne veux pas de ces dix sous-là. Ils sont mouillés.

— J'essuie la pièce après mon panetot.

— Il est crasseux, ton panetot. Garde ta pièce, et donne-moi un journal illustré... Sers d'abord monsieur... Tiens i mais .. Bonjour, mon capitaine...

— Bonjour... Eh bien ! qu'est-ce que vous devenez? Vous n'êtes pas venu faire un stage cette année?

— Ah ! mon capitaine, ce n'est pas l'envie qui m'en a manqué. Mais j'ai été très occupé par des affaires industrielles... importantes...

— Ah ! vous avez gagné des monceaux d'or?

— Non, mon capitaine; mais je suis en train d'en gagner.

— Heureux veinard !

— Oh ! vous êtes bien plus heureux que moi, mon capitaine. Quand on a la satisfaction d'être un brillant officier et un cavalier pas ordinaire... Vous ne manquez de rien. Et vous êtes bien plus tranquille que si vous aviez une fortune et des succès. Vous voilà ici pour la saison?

— Non; je suis venu faire un tour. Je repars à cinq heures.

— Mon capitaine, vous allez me faire un grand plaisir. Vous allez déjeuner avec moi?

— Oh ! vous êtes bien gentil. Vous êtes installé ici?

— Je suis chez des amis. Mais nous déjeunerons ensemble à l'hôtel de Paris.

— Ecoutez, si je n'abuse pas, j'accepte avec plaisir.

— A une heure, n'est-ce pas? Ce n'est pas un peu tard?

— Non. Parce que j'avais justement l'intention de prendre un bain de mer. A une heure donc...

— A une heure, mon capitaine. Et enchanté de vous avoir.

*
* *

— Tiens, William. Tu ne viens pas jusqu'à la jetée?

— Non, monsieur Gaston, je ne viens pas avec toi. Je

remonte à la maison. Il faut que je sois à une heure à l'hôtel de Paris, j'ai à déjeuner le capitaine de Riquet de Frestours, l'ancien instructeur de Saumur.

— Dis donc, espèce de cochon, tu pourrais bien m'inviter aussi.

— Une autre fois. Veux-tu lundi?

— Tu ne me trouves pas assez chic pour ton capitaine?

— T'es bête. Mais il ne te connaît pas. Vous ne voyez pas le même monde. Et puis, nous avons un tas de souvenirs communs. Tu t'embêterais avec nous...

— Tais-toi. Tu n'es qu'un snob Tu es fier d'avoir à déjeuner un capitaine de dragons, tu veux l'épater, faire le grand seigneur avec lui, commander un déjeuner chic, et qu'il te considère comme un type galetteux. Au revoir, sale snob! Ah! tu me dégoûtes bien.

*
* *

— Te voilà, Coco. Tu es gentil, mon Billy. Tu n'es pas en retard pour le déjeuner. Figure-toi que Robert n'est pas encore entré. Mais quelle tête fais-tu encore?

— Oh! ce n'est rien. Il n'y a pas de quoi se frapper. Aujourd'hui, faute de cinq louis, je manque simplement ma fortune. Voilà tout... Ça n'a aucune importance relative. D'ailleurs, tu te fiches bien de ce que je te dis. Tu ne m'écoutes même pas.

— Mais si, Coco, je t'écoute.

— Oh! puis, je ne sais pas pourquoi je te raconte ça! Tout à l'heure, sur la plage, je rencontre, providentiellement, je peux te dire, un monsieur très riche et qui, je le sais, cherche des affaires industrielles pour y placer des capitaux. Il n'est ici que pour quelques heures. Si je pouvais l'avoir avec moi, l'allumer... Mais il faudrait pouvoir lui dire : « Venez donc déjeuner. » Et pour ça, pour cette occasion capitale, je n'ai pas le sou sur moi.

— Tu m'as demandé trente francs, Coco, les voilà.

— Qu'est-ce que tu veux que je fasse do trente francs,. mon pauvre petit? Il faut que je lui paie un déjeuner à la, hauteur, à ce monsieur-là, et que je ne sois pas tout le temps préoccupé par l'addition. Je ne suis pas très connu. Et si je disais au maître d'hôtel : « Je paierai en passant », je risquerais d'avoir un affront. Garde tes trente francs, ma petite. Ils te seront plus utiles qu'à moi. Il vaut mieux se résigner. C'est l'indice d'une guigne affolante, vois-tu, que le hasard m'envoie une si belle occasion de faire fortune et que je n'en puisse pas profiter. Ma foi, tant pis ! Je me résigne. Je mourrai dans la peau d'un purotin. J'espère bien que ce sera le plus tôt possible.

— Mais pourquoi ne demandes-tu pas quelque chose à Robert ? Tu sais qu'il t'aime bien.

— Tais-toi ! J'aime mieux ne pas parler de ça avec toi, ma pauvre fille. Tu n'as aucun sens moral. Pour rien au monde, je n'emprunterais un sou à Robert. Si tu ne comprends pas ce sentiment-là, tant pis pour toi !

— Oui, tu te gênes avec lui, tu es fier ? Avec moi, tu n'es pas fier... Non, ce n'est pas ça que je veux dire. Je veux dire que ça t'est égal de te montrer à moi aussi pauvre que tu es. Je ne te le reproche pas, Coco. C'est la preuve que tu m'aimes bien.

— Oui, je t'aime bien. Et tu m'aimes bien. C'est entendu. Pourvu que tu m'aies à toi, tu es contente. L'important est que je sois là. Maintenant, que je sois heureux ou malheureux, cruellement malheureux, ça t'est égal.

— Méchant... Mais qu'est-ce que tu veux que je fasse ?

— Rien, mon petit Coco. Tu ne peux rien faire... Je n'ai qu'un parti à prendre. C'est de rentrer à Paris demain.

— Oh ! tu me dis ça pour me faire peur !

— Ah ! je te dis ça pour te faire peur ! Eh bien ! tu vas voir ! Ce n'est pas demain que je partirai, c'est ce soir. Et veux-tu que je te dise ? Je ne voulais même pas te prévenir. Et sais-tu d'où je viens ! Du bureau d'omnibus pour faire prendre ma malle, pendant que tu n'y serais pas.

— Oh ! ne dis pas ça, William. Tu me fais mal ! Tâte mes mains. Tu vois ! elles sont toutes froides.

— Tu as tort de te mettre dans des états pareils. Mais, à mon tour, je te dirai : qu'est-ce que tu veux que j'y fasse ?

— ... Écoute, Coco. La femme de chambre m'a remis, hier, cent vingt-cinq francs à garder, qu'elle doit envoyer à ses parents pour leur terme, avant la fin de la semaine. Tu vois que c'est de l'argent sacré. Elle va me les redemander peut-être dans deux jours.

— Dans deux jours ! Mais, mon petit Coco, je te les rendrai demain matin, s'il le faut. Je te les rendrai ce soir. En cas de besoin, je n'ai qu'à faire un saut jusqu'à Villiers, et à les demander à mon oncle.

— Tu m'as dit, l'autre jour, quand je t'ai donné trois cents francs, que ton oncle ne voulait absolument rien te prêter.

— Dans une circonstance très grave, en le lui demandant d'une certaine façon, je te réponds bien qu'il ne pourra faire autrement.

— Alors, je vais te remettre soixante-dix francs. Ça fera cinq louis avec les trente francs de la cuisinière.

— Non, ces trente francs-là, c'est en dehors.

— Comment? c'est en dehors?

— Oui... Il faut que je les envoie à Paris par mandat télégraphique; sans ça, c'est le protêt. Et, en ce moment, avec mes grandes affaires en train, il ne s'agit pas d'avoir des protêts. Donne-moi les trente francs, et puis les cent vingt-cinq francs. Du moment que c'est un dépôt qu'il faudra rendre intégralement, ça ne te sert à rien de n'avoir pas la somme complète.

— Alors, il ne me reste rien pour moi?

— Voyons, petit. Je pense bien que tu n'avais pas l'intention de toucher à cet argent de la femme de chambre. Je ne t'en prive donc pas. Mais je ne veux pas que tu sois sans argent; on ne sait pas ce qui peut arriver; prends ce beau billet de cinq francs; tu vois, il est tout neuf. Bonne petite cocotte que tu es ! C'est vrai qu'elle est bonne, cette chérie ! Ce que tu fais là m'a touché aux larmes... Comme c'est bête aussi de t'ennuyer avec mes chagrins... Quand j'ai quelque chose qui me tracasse, je devrais le garder pour moi, je le sais. Mais, qu'est-ce que tu veux? Je ne veux rien te cacher. Il faut que je t'associe à toutes mes tristesses... Et, sais-tu, Coco, qu'il faut que j'aie en toi une confiance sans limite pour accepter

ainsi de toi des services d'argent? Car, si cela se savait, ça pourrait être très mal interprété... Oui, petite fille, le monde est
méchant. On apprendrait que nous sommes bien ensemble, et
que, d'autre part, tu me prêtes de l'argent, on dirait tout de
suite que tu m'entretiens. Les gens ne sont pas forcés de savoir
que les deux choses n'ont aucun rapport, que je suis ton amant
parce que je t'aime, et que tu me prêtes de l'argent parce que
je suis gêné, et que, d'ailleurs, cet argent, je te le rendrai d'un
moment à l'autre. Et même, tu ne seras pas fâchée de retrouver
tout à coup quelques billets de mille francs, que tu aurais certainement jetés par la fenêtre... Oh ! petite fille ! il est une
heure moins dix !... Au revoir, bonne cocotte !

— Au revoir, Coco. Bonne chance !
— Bonne chance?
— Pour ton affaire...
— ... Ah ! oui !

LA TOUR DE BABEL

Quand le projet d'une tour qui serait appelée la Tour de
Babel et qui, aux termes de la délibération, devait « atteindre
le ciel » fut mis au concours par une municipalité en délire,
presque tous les entrepreneurs du pays haussèrent les épaules
et déclarèrent, à qui voulait les entendre, qu'on les croyait
absolument fous, si on les supposait capables de soumission-
ner pour une entreprise pareille.

Pourtant il s'en trouva un, nommé Mathusalem et arrière-
petit-fils du célèbre recordman, qui, à la stupeur générale, fit
des propositions.

Il proposait même un chiffre raisonnable : quatorze millions
de chichtis, soit cinq millions de francs de notre monnaie.

On parla de le faire interdire, et l'opinion générale se traduisit par ces mots : *Voraïm zouzoum ilach'* (il y laissera ses culottes).

Pourtant, Mathusalem avait fait inscrire dans son contrat une petite clause qui aurait dû faire réfléchir les malins. Cette clause spécifiait qu'en cas d'interruption des travaux pour un cas de force majeure, les versements effectués resteraient acquis au soumissionnaire.

Mathusalem, d'ailleurs, se fit faire l'avance de la presque totalité des fonds. Ses fournisseurs de matériaux, disait-il, désiraient être payés comptant, étant donné l'audace particulière de l'entreprise.

Cependant, la tour s'édifiait peu à peu. Les fouilles furent rapidement faites. (Les spécialistes s'étonnèrent même qu'on ne mît pas plus de temps à établir les fondations d'un monument si important.) Bientôt, la tour atteignit la hauteur de quatre étages qui, d'après la hauteur des plafonds de l'époque, représentaient environ huit étages de notre monnaie.

On venait, tous les dimanches, de la ville et des villages d'alentour pour assister aux travaux. Or, ce fut un lundi matin que se produisit le grand coup de chien. D'après le contrat, c'était un architecte de la Ville qui surveillait les travaux.

Le lundi matin donc, en arrivant au chantier, l'architecte avise un sous-chef de chantier et lui dit :

— *Frichti bi coulacoulail volzobam brididi bébé.*

Ce qui voulait dire : il faudrait voir un peu à faire chercher les sacs de plâtre, sans quoi je ne vois pas comment vous terminerez votre première plate-forme.

Mais l'autre fit de grands yeux et répondit simplement :

— *Balababa kililiri.*

Ce qui ne voulait rien dire du tout.

En entendant ça, mon architecte avise un autre sous-chef et s'écrie :

— *Calcaderiri Boulzavel Tubalcaïn tram-tram.* (Qu'est-ce qu'a donc Tubalcaïn ce matin à me répondre des inepties? Il est encore saoul d'hier soir probablement.)

A quoi l'autre sous-chef répond en javanais :

— *Jave nave savais pavas.*

— Portier ! s'écrie d'une voix impérieuse l'architecte aba-sourdi.

Le portier arrive en courant et dit à l'architecte :

— *Lonjourbem lonsieurmem.*

Ce qui voulait dire : « Bonjour, monsieur » dans le rude langage des loucherbem, ainsi que les commentateurs l'ont établi depuis.

L'architecte s'en fut dare-dare aux bureaux de la Ville, convoqua les autorités, et les avertit que la colère divine venait de tomber sur les constructeurs, et qu'il y avait confusion des langues.

Mathusalem tenait son cas de force majeure. Les travaux furent interrompus. Quant à l'architecte, il donna peu après sa démission pour aller vivre à la campagne de ses économies, que l'opinion publique jugea un peu considérables pour un individu qui n'avait jamais gagné plus de sept mille deux.

NICOLAS GLAIVE

ou les cahiers d'un candidat

---

25 *mars*. — Voici la lettre que j'ai trouvée dans mon courrier de ce matin.

« *Monsieur Nicolas Glaive, fabricant de girouettes d'art, à Paris.*

« Un groupe d'électeurs indépendants, de la circonscription de Montsouris-Sud, connaissant votre passé, tout d'intégrité et d'honneur, ainsi que votre républicanisme éclairé et loyal, a décidé de vous offrir la candidature aux prochaines élections

législatives. Vous n'ignorez pas que notre arrondissement est
las, à juste titre, des violences de langage et des excentricités
de notre député, le radical Triquet. D'autre part, il faut éviter
d'assurer le succès du candidat modéré et réactionnaire,
M. Ajax de Télamon.

« Il y a une majorité considérable à rallier, entre les deux
opinions extrêmes.

« J'aurai l'honneur, Monsieur, de vous rendre visite pour
recevoir votre réponse, qui nous sera, je n'en doute pas, favo-
rable. Je pense vous rencontrer demain matin, de neuf heures
à onze heures.

HENRI PRENANT,
Directeur du cabinet d'affaires Raulbert-Prenant,
fondé en 1822.

Satisfait, au fond, qu'on voulût bien songer à moi pour un
mandat assez envié et qu'on me fournît enfin sur mes opinions
politiques des données précises, je n'hésitai point, et résolus
d'accepter la proposition de M. Prenant. Député à quarante-
huit ans, je pourrais dire négligemment, en sortant, après
mon déjeuner, aux passants de connaissance :

— Je vais à la Chambre.

J'écraserais en même temps de mon pardon deux personnes,
un sergent de ville du quartier et le secrétaire du commissaire,
qui ont été, certain jour, insolents à mon égard. Je voyagerais
gratuitement enfin sur la ligne de Chaville, à l'heure du journal
du soir.

— Votre billet, monsieur?

— Député.

26 *mars*. — J'ai reçu ce matin la visite de Prenant. Ma
première impression, qui est la bonne, m'a fait deviner en lui
« quelqu'un d'attaque ». Lui-même me l'a dit, d'ailleurs :

— Je suis d'attaque, a-t-il affirmé dès l'abord.

C'est un homme petit, vif, rond, noir de moustache et de
barbiche. Il connaît, dit-il, le quartier de Montsouris-Sud comme
sa main (un peu velue). Il émet, sur la politique générale, des
réflexions qui me paraissent empreintes d'un bon sens pro-
phétique.

Nous avons parlé chiffres.

— C'est une élection qui vous coûtera cher, me dit-il. Il n'y a pas à vous le dissimuler.

J'ai été d'abord un peu inquiet; mais le chiffre de sept à huit mille francs, énoncé l'instant d'après, m'a paru raisonnable.

Puis, Prenant a pris congé de moi. en me serrant la main.

29 *mars*. — La période électorale étant ouverte, pour prendre rang et imposer mon nom à l'esprit des électeurs, il a fallu préparer et faire afficher les premières bandes.

Cet après-midi, nous sommes sortis, ma femme et moi, pour voir les affiches. Nous marchions d'un air timide, nous étions presque rougissants, comme si nous venions d'accomplir une bonne ou une mauvaise action. Nous avons aperçu d'abord de nombreuses bandes de Triquet et de Télamon. Enfin, sur une bande orange et plus large que les autres, j'ai vu mon nom imprimé, en si grosses lettres que j'ai eu du mal à le reconnaître : *Nicolas Glaive, Industriel, Candidat républicain.* Nous avons compté sept de ces affiches. Il doit y en avoir bien davantage dans les rues où nous n'avons pu passer. car on m'a dit qu'on en poserait aujourd'hui deux mille cinq cents.

30 *mars*. — J'ai rédigé ce soir, en compagnie de Prenant, ma circulaire aux électeurs. Je me suis prononcé nettement et catégoriquement sur le privilège de la Banque de France, sur l'élection des juges, sur le prix du gaz. Je me suis déclaré l'ennemi des fâcheuses compromissions, le partisan d'une politique de modération et de progrès. J'ai exprimé le désir de voir la France unie à l'intérieur, respectée à l'extérieur. J'ai adressé un vigoureux appel à tous les honnêtes gens. Sur la question du protectionnisme et du libre-échange, je suis resté un peu dans le vague, comme me le conseillait Prenant et aussi, je dois le dire, mes convictions les plus intimes.

La conférence a duré jusqu'à dix heures du soir. Quand Prenant, emportant mon manuscrit pour l'imprimerie, m'a eu quitté, j'ai cherché dans le Larousse le sens exact de certains mots de ma profession de foi, afin d'être en état de répondre d'une façon un peu précise aux questionneurs, dans les réunions publiques.

2 *avril*. — Je rentre, ce soir, d'une réunion organisée par mon comité dans la salle des fêtes du restaurant Batracien. Coût de la salle : trois cents francs, éclairage compris. Un contrôle sévère a été établi à la porte, pour ne laisser passer que les électeurs munis de leur carte. Il est entré cinquante-deux personnes, que j'ai comptées pendant le discours du président (un professeur d'orthographe phonétique).

— Vous voyez ici, me dit Prenant, la crème des électeurs influents de Montsouris-Sud. Méfiez-vous, ajoute-t-il tout bas, il y a là dedans beaucoup de gens favorables à Triquet, et j'aperçois aussi des têtes de réactionnaires, venus pour vous prendre en faute.

J'expose mon programme avec une certaine émotion. (Mon succès a été très grand, m'a-t-on affirmé.)

Puis, un des assistants se lève, et me demande si je voterai le maintien du traité de 1845 avec la Suède. Sur un signe de Prenant, je m'en déclare le partisan énergique. C'est d'autant plus méritoire, affirme mon interlocuteur, que ce traité n'existe que dans mon imagination...

Prenant flétrit alors les plaisantins qui s'insinuent en perturbateurs dans les assemblées de gens sérieux. Le perturbateur est dirigé vers la porte. On me vote à l'unanimité un ordre du jour de chaleureuse approbation.

Vingt électeurs, que j'avais remarqués parmi les plus enthousiastes, s'offrent d'eux-mêmes pour venir prendre des bocks au café voisin.

3 *avril*. — Voici ce que j'ai lu dans deux journaux :
« Hier soir, huit cents électeurs, réunis à la salle Batracien, après avoir entendu les déclarations nettement républicaines du citoyen Nicolas Glaive, ont acclamé sa candidature. »

4 *avril*. — Suivant Prenant, qui a dîné avec moi ce soir, mes deux adversaires mènent une campagne « éhontée d'audace ». Triquet a deux hommes à lui, qui « font les coiffeurs ». Ils entrent, sous prétexte de barbe, de coiffure ou de shampooing, successivement chez tous les perruquiers du quartier, et ils endoctrinent le patron, les garçons et la clientèle. Prenant

a vu, ce matin, l'un de ces hommes sortir de chez un coiffeur, tout rasé de frais, bien pommadé, avec une belle raie sur le côté. Eh bien, cet homme est entré sous une porte cochère, a passé vivement son mouchoir sur sa tête, pour ébouriffer sa chevelure. Puis, il est entré se faire recoiffer chez un autre coiffeur.

De son côté, Ajax de Télamon ne reste pas inactif. Il choisit tous les jours, dans le quartier, une autre femme de ménage, qu'il paye largement et qu'il comble de prévenances; pour que cette femme aille colporter sur son compte un éloge documenté, il lui donne le spectacle des plus édifiantes vertus domestiques; en présence de cette salariée, il se montre d'une aménité sans égale pour Mme de Télamon et caresse avec tendresse des enfants blonds aux cheveux bouclés qui ne sont, paraît-il, que ses neveux. Toujours sous les yeux de la femme de ménage, des gens à lui viennent lui offrir, pour de louches entreprises, des sommes considérables, qu'il repousse avec une noble indignation.

De plus, Télamon a, dans tout le quartier, aposté aux portes cochères des mendiants payés, à qui il distribue de larges aumônes, non sans une discrète ostentation.

— Mais au fait, me dit Prenant, en remettant ses coudes sur la table, pourquoi n'arrêteriez-vous pas un cheval emporté? On choisirait une bonne heure, le moment où les ouvriers rentrent du travail. On trouverait un cocher complaisant, un cheval pas trop terrible...

J'arrête Prenant. Je préfère un autre mode de propagande, l'affirmation de mes idées de progrès, par exemple, ou l'embrigadement général des marchands de vin.

5 *avril*. — Ma circulaire a été reproduite sur une grande affiche, appuyée par l'adhésion de trente-cinq électeurs : tous mes fournisseurs, deux de mes employés qui habitent le quartier, Prenant et ses camarades. J'ai déjà dépensé six mille huit cents francs; mais le plus gros des frais est fait, m'affirme-t-on.

6 *avril*. — Les journaux spéciaux de l'arrondissement sont assez doux pour moi. Dans le numéro 7 de l'*Electeur du*

vingt-deuxième, fondé il y a huit ans, et qui ne ménage pas Télamon, on m'appelle : cet excellent M. Glaive. Le *Gaulois rose de Montsouris-Sud*, qui attaque Triquet, n'a encore rien dit sur mon compte.

7 avril. — Ah ! quel assaut, après ces journées de calme relatif ! Prenant avait l'air soucieux, en entrant chez moi ce matin.

— On prépare contre vous une terrible campagne de diffamation.

Que pouvait-on dire contre moi? Le mur de ma vie privée n'a pas besoin à sa crête de tessons de bouteilles. Il est permis d'y grimper et de regarder par-dessus. Prenant s'est un peu calmé, mais il hochait toujours la tête en me quittant.

A six heures, il a fait irruption dans mon bureau, tout bouleversé. Il s'est campé vis-à-vis de moi :

— Vous étiez bien à Boniface-les-Bains, l'année dernière?

Je répondis, étonné de son accent :

— Oui, j'étais effectivement à Boniface-les-Bains, l'an dernier, à pareille époque...

— Eh bien, nous sommes beaux ! gémit Prenant en se laissant choir sur un fauteuil.

Il reprit, sur un ton amer et presque gai, comme en proie à une folie commençante :

— Eh bien, nous sommes frais !

Je le conjurai de s'expliquer : il se leva d'un bond.

— On vous accuse, me dit-il d'une voix sourde, d'avoir été surpris, à Bonifaceles-Bains, trichant au jeu !

Puis, il retomba sur son fauteuil de douleur.

Cette accusation stupéfiante me suffoqua, mais je me remis assez vite :

— Quelle plaisanterie ! Je ne suis entré qu'une fois, en curieux, dans les salles de jeu, et je n'ai jamais touché une carte.

Prenant murmura d'une voix altérée :

— Ils ont des témoins, oui, des hommes à eux, un monsieur très coté dans le grand monde, un M. de Saint-Théophile...

— Je ne connais pas... pas du tout, répliquai-je abasourdi.

— Ils ont même, dit Prenant d'un air de justicier, une preuve écrite.

— Une preuve écrite?

— Ils ont la preuve écrite que vous étiez à Boniface-les-Bains l'année dernière !

— Mais je ne songe pas à le nier...

— Pas à le nier ! sursauta Prenant. Au fait, non, vous ne pouvez pas le nier, se lamenta-t-il. Ah ! nous sommes dans de jolis draps !

Je revenais un peu de ma stupéfaction. Mais à peine avais-je repris mon sang-froid que je le perdis à nouveau, dans un bel accès de colère :

— Je ferai un procès à ces misérables !

— Un procès ! Tenez, dit Prenant, vous déraisonnez, excusez l'expression. Irez-vous en police correctionnelle, où la preuve n'est pas admise? Là, vous obtiendrez la condamnation de vos calomniateurs, mais une condamnation sans portée. L'effet moral de l'accusation ne sera pas détruit. Trouverez-vous un biais, dans la procédure, pour les traîner en cour d'assises?

« Ce biais, vous l'avez trouvé; admettons-le pour un instant. Vos adversaires produiront des témoins à leur décharge, et qui vous chargeront, vous, le plaignant. Comment prouver que ce sont de faux témoins?

« Qui produirez-vous, de votre côté, pour confondre les calomniateurs? Des croupiers, des gérants de cercles ! Belles références aux yeux du jury ! Quelques-uns de vos amis viendront attester votre honorabilité. On peut passer pour un honnête homme et tricher au jeu, sans que nul vous soupçonne.

« A chacun de vos témoins, l'avocat des prévenus posera cette question, en retroussant ses longues manches :

« — Le témoin pourrait-il nous dire si, à sa connaissance, M. Glaive a été à Boniface-les-Bains, l'année dernière? »

« Et, à chacune des réponses: « Je n'en sais rien » ou « Je crois, en effet, me rappeler », l'avocat se tournera, triomphant, du côté des jurés. Car, quelle que soit la réponse du témoin, l'avocat regarde toujours triomphalement ces messieurs du jury, en écartant les bras... et en ouvrant les mains toutes larges... »

Prenant a continué pendant une heure sur ce thème et m'a quitté d'un air navré.

8 *avril* — Journée d'attente énervante et d'indécision. Je n'ai pas vu Prenant aujourd'hui. Que fait-il? Que va-t-il se passer? Je n'ai parlé de rien à ma femme, qui commence à s'inquiéter de mon air soucieux.

9 *avril*. — Prenant est enfin venu vers midi. Il semblait plus calme, et terriblement mystérieux. Comme il y avait justement quelqu'un dans mon bureau, Prenant m'a demandé un entretien secret.

Il n'a pas perdu son temps. Il a acquis la conviction que Saint-Théophile est une simple canaille, à qui nos ennemis ont promis trois mille francs pour qu'il fasse une déposition contre moi. Saint-Théophile comptait sur ces trois mille francs pour partir en Amérique. Si on lui donnait quatre mille francs et si on l'embarquait tout de suite? Quant au rédacteur de l'*Electeur du vingt-deuxième*, qui se disposait à lancer le canard, on lui fermerait la bouche avec cinquante louis.

Ce qu'il y a de terrible dans mon cas, c'est que Prenant, mon ami Prenant lui-même, ne semble pas parfaitement convaincu de mon innocence. Aussi hésitai-je à terminer ainsi l'affaire et insistai-je pour faire un procès. Mais ce brave Prenant semble alors si navré que je débourse incontinent les cinq billets de mille. Il me faut ma tranquillité à tout prix.

J'avais déjà ma conscience; j'aurai, par surcroît, les canailles avec moi.

12 *avril*. — Mon cousin Charles, qui a beaucoup voyagé et qui connaît la politique, a la meilleure opinion sur mon élection. Excellent signe. Car, dans la famille, Charles passe pour un sceptique. Aujourd'hui, il a parlé à deux électeurs, qui lui ont promis de « bien voter ». Hier, il a complètement retourné un lampiste.

14 *avril*. — Aux dernières élections, Triquet avait réuni 3.500 voix, contre 3.050 à Télamon. Voici les pronostics de

Prenant : *Moi*, 2.400; *Triquet*, 2.400; *Télamon*, 1.300 à 1.400. Je passerai au second tour, grâce à l'appoint des voix de Télamon.

— Vous aurez la bonne place, affirme Prenant. Vous êtes entre deux eaux.

16 *avril*. — Dans les réunions de Triquet, tous les gens intègres livrent au mépris public les agissements de Télamon. Dans les réunions de Télamon, tous les citoyens honnêtes flétrissent la conduite de Triquet. Bonne affaire pour moi que ces querelles. Je serai le troisième larron.

18 *avril*. — Mon élection ne me coûte, à l'heure actuelle, pas plus de 15.000 francs en chiffres ronds : exactement 16.850 francs. Suivant Prenant, mes adversaires ont déjà dépensé chacun, au bas mot, 30.000 francs.

19 *avril*. — Les journaux ont publié leurs listes de candidats. Les uns patronnent Télamon, les autres Triquet. Excellent signe, dit Prenant. Seul, le *Panthéon du Négoce*, journal illustré, soutient ma candidature et publie même mon portrait et ma biographie. J'en ai fait prendre deux mille exemplaires : mille pour les principaux électeurs, mille pour moi.

27 *avril (le grand jour). Huit heures du matin*. — Il fait beau. Excellent signe, dit Prenant. Beaucoup d'électeurs de Triquet iront à la campagne et ne voteront pas. Le vent est un peu frais. Encore un atout dans notre jeu. On ne s'arrêtera pas pour lire les affiches de la dernière heure, si l'on en pose aujourd'hui contre nous.

Midi. — Prenant vient de déjeuner à la maison, en hâte :

— Ça ne va pas mal; mais ça ne va pas si bien, si bien, qu'on pouvait l'espérer. J'ai fait un tour dans les sections. Il y a un fort contingent de jeunes électeurs, qui constituent l'élément inconnu. Nous passerons, c'est hors de doute. Mais il y aura du tirage.

Minuit. — J'ai su, à huit heures, le résultat du scrutin : Triquet, 3.190 voix; Télamon, 2.815; Nicolas Glaive, 523. Prenant me déclare que c'est un résultat superbe pour une campagne improvisée et menée hâtivement, sans aide et sans journaux spéciaux. En somme, si je n'avais pas été là, il n'y aurait pas eu de ballottage. Des amis, venus pour me féliciter, me consolent. Nous organisons un petit nain jaune. C'est une soirée de convalescents.

28 *avril*. — En faveur de qui me désisterai-je? Je m'en rapporterai sur ce point à Prenant. Mon camarade de lutte « avec qui j'ai combattu le bon combat » paraît soucieux. Il m'a engagé, hier, à reporter mes voix sur Triquet, et, ce matin, à me désister purement et simplement.

29 *avril*. — Prenant me conseille, décidément, de marcher pour Triquet. Voilà qui est entendu. Je rédige mon affiche. Mes 500 voix iront à Triquet.

30 *avril*. — Dans notre pays de bonnes gens crédules, la façon dont les légendes se fabriquent et se colportent est positivement extraordinaire. Voici la conversation que j'ai entendue mot pour mot, dans mon compartiment, en allant à Chaville. Un monsieur décoré disait textuellement à son voisin :

— Connaissez-vous les dessous du ballottage de Montsouris-Sud? C'est une histoire bien curieuse. En raison de ses votes avancés, Triquet avait peur, cette fois-ci, d'être battu par le réactionnaire Télamon. Il s'est dit : « Je vais lui envoyer dans les jambes un candidat républicain modéré, qui lui prendra quelques centaines de voix, et se désistera pour moi au ballottage. » Il a remis cinq mille francs à Prenant, un agent électoral, pour lui procurer ce candidat. Prenant a trouvé un ancien commerçant assez décoratif, avec qui il a dû partager les cinq mille francs. Mais, après le scrutin, Prenant est venu dire à Triquet que le candidat ne voulait plus « marcher » pour le désistement. Triquet a dû recracher trois mille francs que se sont attribués les deux compères...

Fallait-il perdre mon temps à détromper et à confondre ces gens? J'ai gardé un silence dédaigneux. Voilà pourtant, comme on écrit l'histoire !

L'HEUREUX CHASSEUR

Je vous parle d'il y a vingt ans.

A cette époque, le jeune M. Jaboin suivait les grandes chasses, à Compiègne, à Fontainebleau, à Rambouillet.

Mais — détail curieux — si giboyeuses que fussent les forêts où M. Jaboin était admis, il ne parvint jamais à tuer le moindre gibier.

Par exemple, il lui arriva de blesser des gardes, et maints invités, parfois, hélas ! de façon mortelle.

Il tua aussi beaucoup de chiens, deux chevaux et une vache laitière.

Sans qu'il sût pourquoi, on l'invita de moins en moins.

On finit même par le tenir à l'écart d'une façon un peu systématique.

— Il y a certainement une raison politique là-dessous, pensa-t-il, bien qu'il n'eût jamais fait de politique.

Quand la guerre fut déclarée, M. Jaboin s'engagea.

Dès le début des hostilités, il eut l'occasion de prendre part à un petit fait d'armes.

Il était parti chercher des vivres avec un autre homme et un sergent.

Les trois hommes pensaient bien ne pas faire de mauvaise rencontre. Aussi, afin de pouvoir se charger de beaucoup de vivres, n'avaient-ils emporté qu'un fusil et une seule cartouche.

Comme ils longeaient une route, ils virent un nuage de poussière qui se formait au bout de la route.

C'était un cavalier ennemi qui s'avançait au petit galop.

— Nous allons nous dissimuler derrière ce bouquet d'arbres, dit le sergent.

— Y a-t-il un bon tireur pour nous dégoter ce particulier-là ?

M. Jaboin s'avança, modeste.

— Je suis un assez bon fusil, dit-il. J'ai beaucoup suivi les chasses.

— Eh bien, prends-moi ce flingot, dit le sergent, et tâche
de t'en servir.

M. Jaboin tremblait un peu. Il avait « descendu » d'autres
individus dans sa carrière de chasseur, mais, maintenant qu'il
s'agissait de le faire exprès, allait-il aussi bien réussir?

L'homme n'était qu'à trente pas.

— Feu ! dit le sergent.

M. Jaboin tira.

L'homme regarda de leur côté, piqua des deux, et s'éloigna
à une allure rapide.

Mais du poil avait volé, et quelque chose de jaune, à vingt
pas du cavalier, avait roulé près de la route.

M. Jaboin venait de tuer son premier lièvre.

MISE AU POINT

On croyait cette histoire liquidée depuis longtemps. Mais
puisqu'il faut y revenir encore, précisons.

Adam et Eve se promenaient dans un jardin zoologique, qui
avait reçu le nom d'Eden, probablement pour attirer le monde.
Il n'y venait d'ailleurs personne, et il fallait avoir un certain
estomac pour avoir installé un jardin zoologique dans un pays
où il n'y avait que deux habitants.

Il est vrai que les frais d'installation étaient des plus minimes.

On s'était dispensé de poser des grilles autour des fauves,
ainsi qu'il est d'usage dans les jardins zoologiques ordinaires,
où l'on tient à faire croire aux visiteurs payants que les lions
et les tigres sont des animaux dangereux.

Il n'y avait donc aucune espèce de grillages ni de barrières,
ni de ces étiquettes injurieuses où les loups sont traités de loups
vulgaires, et les panthères de panthères communes.

Un Muséum, très intéressant, ma foi, renfermait les sque-
lettes de quelques animaux postdiluviens.

Quant aux animaux antédiluviens, ils erraient paisiblement

dans les allées. Les plus remarquables étaient l'éléphant à tête de mouche, le rhinocéros-écureuil, la souris à deux bosses.

On admirait aussi l'ichtyosaure, le plectiosaure, et le fameux harensaure, dont il a été si souvent question, et qui n'était simplement qu'une sorte de lézard avec des pattes de hareng.

Le Tout-Puissant avait été très convenable avec le ménage Adam. Il leur avait dit : « Je vous donne vos entrées. Vous pourrez venir ici tant que vous voudrez. Je ne vous remets pas de ticket : je serai à la grande porte d'entrée, et je vous reconnaîtrai. Je vous connais comme si je vous avais faits. D'ailleurs, il n'y a pas de confusion possible, puisque vous êtes les seuls humains actuellement sur terre. Vous ferez ce que vous voudrez dans le jardin. Vous donnerez à manger aux phoques, vous vous promènerez toute la journée sur l'éléphant, le chameau, ou dans la petite voiture de l'autruche. Une seule recommandation cependant : ne touchez pas à mon arbre fruitier. Je n'en ai qu'un, et j'y tiens. »

Pourquoi y tenait-il? Il ne l'a jamais dit au juste. Mais, en somme, c'était son affaire. Les Adam profitèrent de la permission, et bientôt on ne rencontra qu'eux dans le jardin zoologique. Ils n'avaient aucune distraction, personne à voir dans le pays. Il fallait vraiment qu'ils manquassent de relations pour lier connaissance avec un serpent.

Ils rencontrèrent le serpent qui rampait dans une allée, en sifflant. Adam lui dit : « Vous vous croyez donc dans une écurie? » La conversation s'engagea. Les propos de ce couple naïf et de ce reptile désœuvré ne pouvaient aboutir qu'aux projets les plus futiles. Au bout de quinze jours de bavardages, le serpent leur conseilla de manger une pomme.

Quand le Tout-Puissant s'aperçut qu'il manquait un fruit à son arbre, il fut très choqué, non pas du fait en lui-même, auquel il n'attachait pas une importance capitale, mais simplement du procédé. Il se borna à prier le couple Adam de ne plus remettre les pieds au Jardin zoologique.

Tel est, ramené à ses justes proportions, cet incident dont on a tant parlé.

"LES HISTOIRES DRÔLES"

PUBLIÉES SOUS LA DIRECTION LITTÉRAIRE DE
MAX ET ALEX FISCHER

Prix : **0** fr. **25**

Le programme de cette petite collection nouvelle ?

Publier les histoires les plus gaies, les plus spirituelles ou les plus farces, qui aient été écrites au cours de ces dernières années ; aussi bien celles qui s'efforcent, avec une cordiale franchise, de vous arracher un éclat de rire, que celles qui, plus discrètes ou moins ambitieuses n'aspirent qu'à vous faire sourire.

Le but de cette petite collection ?

Vous étonner par son bon marché, et vous amuser... en tout cas, le plus souvent possible.

EN VENTE [1] :

1. ALPHONSE ALLAIS ... La belle-mère explosible.
2. MAX ET ALEX FISCHER. Constantin et Zéphyrine.
3. TRISTAN BERNARD. L'homme à la moustache verte.
4. CAMI. ... ... L'archer aux dents creuses

POUR PARAITRE LE 13 AVRIL .

5. WILLY... ... ... Cabotin par amour.
6. MAURICE DONNAY. La curieuse satisfaite.
7. PIERRE VEBER.. ... ... Son pied quelque part.
8. MAX ET ALEX FISCHER. Les Durand !

[1] Les numéros qui précèdent le titre de chaque fascicule indiquent leur ordre de publication.

SCEAUX. IMP. CHARAIRE